# 到海巢去

楊小濱・詩選

# 目錄

## 輯一　新花邊舞台（1986-1989）

## 輯三　上一次旅行（1994-2010）

## 輯四　一陣女風吹來（2010-2014）

# 輯一

•

•

# 新花邊舞台

•

1986-1989

# 蠟之書（三首）

## DANSE MACABRE

牆剖開我手掌，說
死是鮮豔的。

那些樹已經枯朽了，像嘴唇
吮吸又一次快意的虛空
這就是那些流過淚的樹啊。

在陰影下數螞蟻的藍屁股孩子呢

老了。充滿愚鈍的恐懼（哈哈！）
我估計我沒有為這一次失望竊笑
但地上流滿眼白，此刻
我也沒有廉價的痛哭。我不是癡呆者

邀白鳩站在大理石碑座上
為我梳洗冰涼的夢境。

或觀看姑娘的眼睛在街心奔跑，尖叫。

這些都能消磨時光。直到
佈景發黑，複製中的角色醉意朦朧：
哈姆雷特在乾油墨中翻滾，練擊劍。
而蒙娜麗莎又變回為新鮮蛋黃。

## 快樂的事物

你的肚臍好像月亮。紅紅的
細胞音樂或者魔術師眼珠。

購買鮮花，燭火。在一個沙龍裡香噴噴地
化為琴鍵閃爍，那些青年們擁抱
也是銀河儀器在失重的異國
崇尚液體。你將盛滿湖一般的酒

啜飲島的露水。這些秘密
像馬的愛情，許久不曾訴說
一匹馬為之顫抖而另一匹
死去。我懷念漫步於海岸的
古老嬉戲留下的淚滴。

淚滴燃燒，當然，淚滴也把
歷史泡爛。銀魚們無不動情

我的島就是一堆破碎瓶子
反射陽光，孕育同一種膚色的基調。
你透明地游來游去。影子在尾鰭下
掀起威脅並且照它特有的姿態歡慶。

## 玩具

用塑料美人，用鉛皮，去裝點。

那個午夜。帶胸針的新娘突然枯萎
你一定記得。或是吉他和月亮在
骨架下閃爍，跳躍。

街是柔軟的。當我掬起一捧陽光
浸潤我的假眼，音樂便叮咚響起。

於是越來越多的玻璃像天空一樣無知
堆壘起酒瓶，窗和燈。迷人
勝過彩虹，勝過廣告女郎。

每每丈量電視與萬寶路菸盒的距離。
四隻瓷狗在空蕩的長廊上舔舐正午的慵懶
欄杆的斑駁黑影也沒有絲毫敵意。把
冰，夢露頭像和性夢整理好。

我暗自慶幸從道具間裡找到了
那把兒童喜劇中的發火槍。

# 脆眼睛（二首）

## 玩笑或冷盤

如果我不以海膽般的手掌示人
如果睡意正濃
用你的假笑淋醒我。

我也會把濕漉漉的玻璃敲碎
灑在你臉上，作為報答

我們都很滑稽。

若無其事地從酒樓上懸下雙臂
製造驚訝和殘酷
未死的血滴有如塑料花
特寫地演出悲劇高潮
但音樂戛然而止。
只擔心眼鏡從鼻梁上滑下——

咬著的菸頭終於被空氣吞噬
肉體般飄散，在花傘下
我莊嚴而淫蕩的一瞥
使城市空間愛情地抽搐。

於是放下吉他和咖啡杯
體味靜物和灰塵
從屏風後窺視少女

修剪鑽石般的腳趾甲。
（在餐桌旁，我品味貞節沙拉
它光滑如大腿，銀光閃閃。）
有人假裝羞澀地碰翻酒瓶
把餐巾和音樂一起灌得稀爛。

## 脆眼睛

倚在海綿胸脯上，深情地
構想蜜月。你是我風韻的影子。
或輕佻地在茶座上屁聲不斷。
豆蔻年華奶脂般濃郁

眼眶卻乾枯得發響。你送給我
絲綢領帶，我卻不上吊。

你的歌用匕首一樣刺耳的恐懼逼迫
於是我幽默地倒懸於窗外
讓建築玩具歷歷在目
（包括那些痙攣的胳膊和頸部特寫）

依舊把風乾的唾液封貼在
你商標一樣的嘴唇上。
我的蝴蝶翅一樣的愛人啊。

我下了決心，要把眼淚
滴在你浪漫的密紋唱片上
掉下的卻是碎成瓷片的眼白。

# 新花邊舞台（二首）

## 城市：防腐甜味箱

意念。（總想從門縫裡窺見
外面有人猝死）

真空實驗室裡一群白鼠屍體
不可企及。有如藝術雕塑具象的優美
終於沒有在街心花園映射陽光地遭到瞻仰
請用透明新聞紙張包裝臉部糖果。

我和早餐的親密對話是從童年開始的。
（或者燦爛的少女腹肌
在橄欖油下成為光滑的經典肉體
或者模仿河馬
潛入浴池在壁沿上撞出肥皂沫般的血
都能成為愉快的日常活動標本。）
冰凍人腦不要在食譜裡或霓虹燈下去尋找。

**嘴唇（即紅色薄膜）**

每夜那些巨型飛動的血腥天使
使我睜不開眼。葡萄酒一樣的酸味

從脆紙般的臉上散發，到處螢光閃閃
（抬起來，用你的性感和豐腴說話。
傾吐果汁、水和奶液。）

請記住這個魅力的國度。請記住
在雄辯與饞慾之間，某種鮮嫩的肌體
石榴般戰慄：不再是召喚。

帶著塗塑封面的華麗，你的冰冷
將白晝裝飾一新。在
太陽玻璃的反光裡一樣的透明脂肪。
或從影星頸部的刎痕間溢出。
文明之邦的旗幟下沒有猿人牙齒廣告。

# 黑色複寫（三首）

## 沃土

太陽下！腐爛的老人
坐在海灘上抽菸。

坐在廢鋼渣裡抽菸。夢見
他女兒般的雲。
（他的臉轉向那一片空城。）

他的臉咬住石堡。看不見

許多影子和正午的黑暗舞蹈。
讓菸斗盛滿海，焚燒
直到成為沙土，膚色的渾濁沙土
蓋住裙幅之城。

在沃土裡，每年都有赤裸的嬰兒葬禮。
他有時握緊雙拳。嘴裡
含著無數透明蟻屍。

## 腳印或奇蹟

那些風化的面容總是吮吸過去
朝代。（每一秒鐘膨脹如日光）
數一數。沐浴的屍骨。

那些洗淨的鈣質物體：
在記憶裡反光。
無人知曉的字跡
矮牆背後種族的陵墓
霉爛於黑鷺之卵。

如果磚瓦的聲音穿越流沙紀元而來
又一幕道具嶄新地煥發。
（訴說父親、節日和水）

在兒童的盛大禮儀中哭泣。
沒有睡眠。
死亡是唯一的醒來

## 背景的奧秘

其實，在這些墨色的糞肥首飾裡
季節歌唱著。
誰也沒有禁止它歌唱。

粗拙，懶笨如青銅遺跡
在面具下閃爍的狗
（牠的尾巴掃蕩著天空）
趴在陰沉旅途中，忍受饑旱。

語言的末日。便有聲音
哽咽。但最終寂靜如初
你的鞋中充滿草墊濕潤

他們訴說夏日的霉味。如歷史。如土。
季節在戰爭中死去：
喧譁，以及芳香。
糞堆像岩石般刻著甲蟲的腳印。

# 硬物（三首）

## 刀

刀插在玻璃上。一把刀。
橫在入口處。
另一隻貓頭鷹在刀的陰影裡
飛翔。

刀的聲音是女人
從水中躍起

天空有深的傷口
刀從裂口裡墜下。

空中花園。草葉削瘦了陽光
那是刀
向我步伐的背面走去。

刀在嘴唇之上。切割
日常會話。
一束光扎進我的呼吸中
血從秦朝流出

兩把刀就是眼睛
被囚禁於光柵

## 骨頭

骨頭在古代發芽。裝飾古代。
許多潮濕

被新鮮的手注入。空間
是骨頭說出的
以及行走。

骨頭行走了幾千年
經過那裡：另一些骨頭
在哭泣

被扔棄的骨頭，穿透
每夜。

一個世界家庭如星群
那樣堅定，不可撼動
支撐於節日與葬禮之間。
或遭到考古，遭到文化
在展覽中央發亮地崩坍。
或逃往肉體內部
拼搭人的形狀
然後，吞食其餘的骨頭

**牆**

牆那邊：什麼也沒有。

隔絕於空氣。敲牆者成為花朵
花粉塗抹在牆上，被
秋日的昆蟲啣走。
牆奔逃
碾過戀人、強盜和沉思者

牆的情歌便是圍困。
在夜裡，牆屠戮一切
曾經有陰影的東西
讓它們窒息
或者剖它們

人的內臟睡於牆角。
人的軀體投射在牆上，切入

牆的一部分
（我站在我自己身後
變成一堵牆）

# 輯二

·

·

# 疑問練習

·

1989-1994

# 文化（四首）

## 博物館

把亞洲放在罈子裡
醃乾。亞洲就會成為骨董
或者把非洲的骨頭剔開
非洲古色古香，瘦得令人心酸
它的肝臟流著黑色的血

潑在地圖冊上顯得異常枯萎

如果有錢，就能買下整個世界
以及它每一年的戰爭和屍骸

以及酋長們的禱文，鼓點在旱季中止
移到室內樂裡優雅地敲打

那些隨手寫來的敕令，也比牲口貴重
因為它並不耕田，只是一味地肝腦塗地

記錄在最隱秘的部分，好像傷口
為了公開而不得癒合

並且這些傷口已經分類，
所有的類別都看不見血跡。

只有疼痛從不提起，被刀鏃鏽住
疼痛懸掛在很久以前，早已一代代地臣服

在我們祖輩的祭典裡
強盜佩戴了女人，成為皇帝

但是活的群眾從來不被收藏
因為他們太不整齊，毫無經典性
那時的青春，那時的勞動！
饑餓在觀賞中變得美麗：

過去的一切都禁止撫摸，一旦觸及
我們就會立刻老去。

## 圖書館

一本書是一個情人的夜晚。一萬本
插在所有情人的骨架裡。

讓一個懷春的人讀到過去
它的愛情被目錄打亂
古典的擁抱有關戰爭、淒涼和君主。

如同置身於城堡，一紙空文
燒在滿腦的玄想中
沒有誰比公主更老。
公主從插圖走進童話，
把年齡留在嗅不到的脂粉中。
讀到公主便是讀到高貴的定義，
儘管監禁於辭典，依舊神采飛揚。

摸遍整個歷史，也摸不透
每一頁上的汗漬，歷史很累很累。
常常被種種筆誤注釋得口乾舌燥
尤其是高貴的人們。在很薄的天堂裡
繼續翻動著領土和屍骸，讓

充滿愛情的少年從油墨中聞到春天。
那裡的哭泣每個世紀都裝訂成冊：
將被一代人模仿，上氣不接下氣。

這些科學的頭腦，用紙的標本思考
虛構的死屍躋身於人物
把公式一次次換成美妙的花朵
再也不可救藥（幾乎無一例外）。

閱讀，森林式的漫遊，騎士遇見美麗的教授。
知識將我們刺殺，在這座陰暗的樓房裡
唯一的血跡是筆畫。這些書
不足以平民憤。這些作者
令人髮指。我們是可忍孰不可忍

葬身於圖書館的，一刻不停的日子
讓隨叫隨到的教誨泡軟
走失在正路上，哪怕道德緊緊盯住版權
沒有人會更有興趣聆聽
也沒有人會更文明，在典故中幾度嚎啕
並且把這首詩抄在封底。

## 畫廊

誰注視我們？被紛紛揚揚的目光射擊
那些穿過肖像的猜測
從來不曾抵達牆的彼岸。

美人，你背後的咳嗽比槍聲更響

在鋪天蓋地的幻覺裡，唯一的幻覺
是自己。別人在一個個窗口之外
由於窺視而遭到塗抹，並禁止開口
人物和風景鎖在瞬間裡
分別編號，有名或無名，都因單薄

而前途渺茫。只有那些仰天的聖徒
見到灼目的燈光而狂喜
或因跳不出色彩而痛不欲生

誰拯救我們？一個枯燥的瞬間。
不動：整個世界的形狀

零零碎碎地貼在屋子裡
有的從未存在，像我們自己
有的太模糊，好像上帝

那些從不存活的體態，沒有窮盡的幻覺
以喪失自由來接近永恆
嘲笑視覺的短暫。這個世界
顛倒得可怕。被所有恐懼真實的場景
扯進花花綠綠的笑容和血跡中

看見這許多無關的美人，海，以及自己。
也就是看見大師最後的簽名
把真跡像支票一樣付給我們。
沒有一筆滑到視線之外

## 音樂會

傾聽比睡眠更淒涼。弓和弦
從武器那裡來，威脅
浩大的聲音殺人如麻

音樂傾倒，像痛得銷魂的少女
時時刻刻流淌在血泊中
它把所有的鳥拋向春日的喋喋不休
它喪盡天良地餵養我們的無聊

在這個缺乏物體的地方，音樂
就是上帝悠揚的屁聲
讓所有的耳朵飛到天堂邊緣

不得入內，因為美
是不可觸摸的

一個正襟危坐的晚間，只聽到
雷聲，看不見雨點
室內花朵在轟隆隆地開放
在嘩啦啦地開放
讓戰爭從旋律中爆發
屠殺每一瞬間的附庸風雅

熱愛這個交響的社會，意味著
熱愛莫札特，頑皮的孩子
快樂的童年，用一隻魔笛
吹出多來米發嗦那樣簡單的曲調

或者把一些勾引新娘的
荒唐故事，藏在經典的嗓音裡
唱出最純粹的罪惡，敗壞和團圓

音樂的純粹將語言抹去
以催眠代替宵禁。那麼，在音樂廳內，
慟哭者將無地自容
因為沒有一個人真正死去
死在高雅中，趣味盎然的摹擬
不值一提。

# 電子遊戲

1

你逃脫的時候，另一個逃亡者開始了
他的旅程。你們相背而逃
另一個你在屏幕前告誡：
請把生命關掉！

逃在赴死的快樂裡，你的

不知名的敵手的鮮豔
其醜無比的天空也湛藍起來

好像夢的果汁一瞬間就潑掉
來不及喝乾，就傾倒在血漿裡

好像風馳電掣的血比你更焦急
另一些敵手跳躍在你的腳步裡

你們相遇了。就是這倒楣的時刻
你在電源面前猶豫不決

## 2

射殺鴨子，和晚餐一樣簡潔。
獵人在獵豔的過程中誤傷鴨子
他的槍轉向影子的過程。
因為鴨子本來也就可以沒有。

所有的蹼都被槍聲的調味所腐敗。

臨死時的悅耳，夏日的槍聲
誰來傾聽？誰記得來埋葬？

閃電被擊中，它的羽毛
一瀉如注。好像思春的少女
愛上湖裡的自己。

3

寶藏和我們，分不出彼此。
為了那些吃不完的金子
睡不完的木乃伊

明天的晨鈴今晚就響起！
令人激動的門在頭腦之外閃耀：
這是陷阱的、幽閉的美。

是水晶，還是頭顱
會把我們帶向終點？

門在頭腦之外，鑰匙藏在靈魂深處。

一片永遠打不開的靈魂
墳墓在生前就已掘好。
空的墳墓，無人租用。

而屍首躺在鎖孔中，千年不動。

4

從刀裡出來，就一頭扎進拳頭
那個臉色慘淡，目不暇接的人
他用無限的恐怖掙扎

那個石頭般的人，敲得粉碎！

一路上的花，紛紛刺眼
那個人驚險，那個人春寒料峭
比起我們，他更加虛構
時時自己看不見自己，他用眼淚
燙傷了自己！

從午夜出來，又被白晝捆住
那個人情不自禁地喊叫
「……！」他
緊緊握住空氣，緊緊地奔跑！

他的衣裳在鳥的追逐中
他的脊背在鳥的啜泣中
他的影子痛如刀絞。那個無始無終的人
一直死到不能再死

# 穿越陽光地帶

（最後的注視，像夕陽般迷醉
但轉瞬即逝）

夏天被金屬切開，那些黑色尾部
神秘的洞穴飛過。夏天
在眩目的方式中更加原始：
以食肉的速度吞噬時間。
拋入其後的是空蕩的典籍
（數萬種視線剎那間作古）

飄在塵土中的紙，一陣風就吹成記憶。
物的音響相對清脆，插入
陽光中，被吟誦得面目全非。

一天裡沒有休止的飛翔便如此酷熱。
新的玩具世界！潑在死去的路上
如腐爛的革命者尖聲呼叫
帶著精液狂奔（終於窒息於寂靜）
向空虛之國衝刺而去。

旅途在哪裡終結？誰
將唱出芝麻的咒語？
那些寶藏，揮之即去的骷髏，乘著
想像的翅膀掠過——

從不逗留，永無止境
像被嘔吐的歷史灑向肉體
烙下無數墨漬與血痕

從童年的恐懼中疾駛而來！
童年，割去根莖的歲月
花朵空虛，蜂類回旋於墓園。
死去的人老得更快
再次匆匆度過一生。
背後的風景依舊
（身影焚燒其中），這燦爛的
血淋淋的風景不絕於耳
成為對故國的唯一夢幻。

夜的背面，太陽光憤怒，閃亮。
寡味的笑容是我的，是
祖傳的遺跡，被所有人的陰影
反彈到秦皇漢武，或
一個假想史冊中的彩色園丁
埋葬著一千年前的乳房和罐頭：
今天同視野一起消逝。
而習俗在賭注下變得野蠻
群眾的骨頭斷裂於暗夜中。

無盡的旅程！封存於瓶中的
微量的生命，被陽光榨乾
並且瘋狂，迅速褪色
囈語出砂礫以及濃煙滾滾

伸向東方，不可觸及的東方
在匆匆一瞥中玉碎宮傾

沒有陽光，我們看不見陰影。
對於口渴的人，陽光的醉意猝不及防。
經過了忍耐，速度將橫掃一切
碾過肺臟，合唱與貨幣

這無人的世界在飛，第一日
母親的樹蔓延至掌心，隨後
呼嘯灼亮起來，死者淚灑中原

# 大魚

大魚在狂笑的瞬間消失
它飲盡湖水，鱗片如鮮花開放
開碎這個世界的皮膚

風景隨大魚而去。正午
魚就是美人，白色遊艇上的飄帶
掠過濕漉漉的視線
像魚湯流過舌尖

有滋味的空虛成為湖水浩蕩
在大魚的顎部看見了什麼？
空間富有，隔開饑餓和交談
天才被夕陽降落
潛入更深的底部，更紅
思想被熾烈的水焚燒

水之間的寒冷。乘岸上一片葉子
度過一生。大魚的聲音陌生
漂浮起船夫，漫遊者的溺死

血的世界變得純潔。
嗜血的魚，比血更廣闊

在敵視中喪失熱量
一次又一次錯過煮沸的海洋

泅過每個人的軀體，大魚
是陰影凍住年齡背後的噩夢
它光滑，從音樂流向口哨
它空洞，吞沒世上的陽光

你是大魚的時候，我便是漁夫
一同被時間釣走
食魚者稀薄如水
將一腔爛醉的心臟付諸東流
它無處不在。大魚，一個距離

沒有觸覺的經驗，比日落還要憂鬱
泳姿接近流淚。
窺視使魚臉變嫩，波動
最小的光卻接近繁殖
吐出兒童之後，使它的腰飛翔
騎魚的方式便愈加古怪
直到臨盆在每一剎那流產
以花朵的禮儀贈送魚卵
將空弦上的水聲無限放大

淹沒口語以及乾旱的親暱。
武器的鋼舉起
在開火的同時冷卻。
一個典故的反復使用導致疲憊

古玩與少婦，在同一次洄游裡氧化。

魚的軌跡，沒有維度的沉湎
被擠壓又空無一物
以鰓的歌唱渴求愛情
呼吸取代了嗓子而墜入天涯
奉獻出最遙遠的寂寞

睡在無聊的歷史間向人類進化，大魚
由於過多的沐浴而顯得高貴
孤立無援，企及赤裸之鄉
吞噬著潛水者的呼救
大魚是殘暴的初戀，廝咬
在另一些大魚的懷抱裡成長

# 毒蛇世紀（三首）

## 膽

將一枚膽吐入真空，跳出酒的時候
這抒情的膽不再回來
一瓢大雨緊跟在後，在秋天的另一次離別後

一枚膽提前離去，這歡喜的日子
賞花和搓腳都迷盡了死人
最後一聲呻吟，苦味灑滿衣襟

濕透的骨頭藏在肉裡，從來沒有愛人提起
愛人含銀的情語之外還有更多的毒
聽來聽去都在膽中

順著膽往哪裡去？提著膽到什麼時候？
只用一把劍挑起自己
囊中之物就從異鄉冷冷襲來

## 叢林

聲音被影子削去，人跡由獸性大發
血凝結了風。花留下淒厲的季節不放
緊靠在岸邊發呆，不痛不癢

在鏡中死亡，就是從霧裡開花
霧越看越黑，水越走越罕見
直到虎皮降臨在深處
一吼便吼完了一生的憤怒

野人的日子將是樂園的日子
撲向晴空，由此接近一個清醒的夢境。
那麼野人的睡眠將遮天蔽日

因為鬼跑在食物中，水中，擾亂了青春
因為一頁虎皮就比歌唱更嘹亮！

血向哪裡洶湧？穿過獸性玩得過火
披著一條河來恐嚇自己

## 風暴

一片屋頂掀掉另一片屋頂
一座城市毀滅另一座城市
一個人死在另一個人身上

風暴將替身輕輕刪去
將世界甩出手掌，不讓它模仿
風暴是家鄉的敵人

因為在世的不再記得
去世的更加沉默

只有風暴在說。它扔出我們的肺

拒絕其他的聲音

於是我們只剩下一口氣來表演革命
表演縫隙中長大的蠍子
卷在心裡，長在紅旗下
唯一的痙攣來自末日
從雷電向遺骸橫掃

這是風暴在說。這是一聲慘叫
狂喜的鳥壓迫一次
瘟疫就灑遍了整個原野

# 疑問練習（四首）

## 怎麼

你怎麼呼吸，在姐妹的子宮裡
在祖輩的糞土中

你怎麼呼吸，穿著陽光的囚衣
扔在自己的屍首前
你怎麼移動

你又怎麼替別人行走
拋在朝聖的路上，身段笨拙
你怎麼生長也空空如也
你被別人的腳印踢進了昨天

那麼，你怎麼能飲用風景，怎麼能
侵吞收穫的季節
如果你成為墳墓或琥珀
你稚嫩的頭顱怎麼發芽

你怎麼覆蓋背影，背影就怎麼塗抹你
在破曉的時分體無完膚
你從午夜出發，怎麼就非得回到午夜
漫長的甦醒怎麼得了

婚禮虛擬得怎麼樣
刪節的手術或分娩是怎麼回事
你一旦降生為自己的兒女
又怎麼嫁給蒼老的父親

## 是否

是否在飛馳的房屋裡眩暈？
一閃而過的身影，減去自身的身影
是否裸露在起點與終點之間
是否經過了疲倦？如同披衣夜行的鬼

是否太輕薄，沒有在交媾中停留？
一個黃昏是否過於悠久？一次日落
是否帶走了全部的少年和遺忘？
是否有更多的馬匹跑動在器官裡？

在旋轉的唱片上，灰塵是否遠離了中心？
新娘是否比照相冊更加焦黃？

一行詩是否就刪除了每一寸肌膚
比衰老更快，比回憶更逼真？
一杯雞尾酒是否就灌滿了歲月的距離
是否將微醉的意念切割成光譜？

如果地獄的秋天也長滿了玫瑰
那麼，真實是否比偽善更可恥？

## 誰

我睡在誰的墓穴中？是誰
吐出了我的內臟，供人觀賞
是誰擄掠了我的肢體，留下我的腳印？
誰生長在我童年，哀悼我的老年？
誰是我的敵人，誰就是我的朋友或者我自己
那麼，有誰會在午夜送來花朵？

有誰會從我夢中叛逃，一去不返？

誰是趴在我病床上的那個人
遊蕩在炎症裡，盲目地遠眺？
而誰是那個被他發現的人？

可是，誰是那個誰也看不見的人？
或者，那個在邊緣之外的人，從地圖上
不屬於任何色彩的人？

誰殺死誰？誰親吻誰？誰姦汙誰？
誰把誰的牙齒移到誰的嘴裡？

# 哪裡

哪裡有蓋子，哪裡就有瓶子
一個人物被一張標籤密封
無邊的容器往哪裡去找

幽暗的陰道通向哪裡
永恆的迷宮從哪裡開始
哪裡是視野之外？哪裡
是天堂之上？順著同一條河流
傷口和子彈在哪裡匯聚

漂流的人到哪裡去感謝兇手

哪裡的鬼不再跳舞
哪裡的影子不再尖叫
哪裡的屠場變成家園

哪裡沒有裸露的、色情的翅膀
哪裡沒有嗜血的鴿子

# 輯三

•

•

# 上一次旅行

•

1994-2010

# 上一次旅行：一組三行詩

1

除了他，其餘的人也偷偷上了車。
這似乎是一場饗宴，把車吃得精光
然後吃司機。旅行便結束了。

## 2

風景在他胸中蕩漾，反胃
他驚訝於晴天的冷漠，
似乎車從來就沒有凍在早餐盤子裡。

## 3

本來就只走到廢墟為止。
他興奮地跳躍！閃光燈
在節目裡亮出了愛國的汗水。

4

第一站：赤膊的群眾歡笑。
第二站：盛裝的群眾廝殺。
第三站：赤膊的群眾披上盛裝……

5

耳朵搗起來，他向博物館外奔跑。
烈士在身後呼嘯。館長
珍藏的腳印被運送到大街上兜售。

## 6

導遊小姐紅了臉。因為他老是說
好美啊，好美啊……
彷彿廢墟也可以是少女。

## 7

他騎著剪刀和斧子越過：河流、
叢林。誰讓他想要的太多呢？
壞脾氣的他，贏了好脾氣的大地。

8

（乾脆停車，做愛。
雨吹，風淋，晚上還有豬肘的宴席
劍影如雪，月色一飲而盡）

9

每次一醒來便是夢鄉：
路不是真的。因為路總是
被別的路勾引，失身

10

說話中的鼾聲是最雄辯的，
無可辯駁的。正如無目的的漫遊
從來都不會走錯。

11

旗幟啊，旗幟！每一個隊伍
都在前進。他用不同的嘴唱歌
他走向四面八方。

## 12

他帶回的是別人的步伐。
好像從來沒有出門。
他把車和司機又吐滿一地。

# 一個美國學生給出國旅行的中文老師的伊妹兒

您好楊老師：我是劉學生。
我貴姓劉，您送給了我的名子。
您活在中國的十間太九，我們
都很失去您。放家，沒有學校了
我的中文不但快快地壞了，
我的體重而且慢慢地大了。您的身體

什麼了？天氣在北京
怎麼辦？今天是星期末，

您必須在用朋友玩兒？我猜？
或者，做研究功課，勤勤奮奮？

再次，我們真的失去您了。
我們老老實實希望您來美國回得早。

請讓我們認識您的飛翔號碼，所以
我們可以去飛機場一起把您撿起來。

# 在語言的迷宮裡

在語言的迷宮裡，一對眼睛
熄滅了，在拐彎的地方
死者的影子就這樣失蹤
剩下的氣味依舊悠長
從早晨開始就找不到源頭
有別人的聲音，趕在腳步前面
從進入之前就不知所措
一對眼睛，迷宮裡的流星
等不及槍聲就搶先逃亡

爭作鬼魅的眼睛落到世界之外
被空氣稀薄的語言擠出縫隙
眼睛夾在說話的當口，尷尬的表情
就不得不哽住，用一滴淚水的鹹味
弄痛了舌頭上迷宮般的傷口

# 使徒書

托缽僧的後代，那些手持沙漠的人
是誰渴望陽光像暴雨般傾瀉？
刺痛的陽光，把風景擰得更緊
他們眷戀，但他們愈加厭惡
他們所夢見並嘔出的國度
一天天長大，咬齧腦髓裡的怪獸
一天天榨乾皮肉，剁爛
即使在九月的聖詠裡
他們掌紋上佈滿的河流也早已乾枯

他們垂釣，遠離血管中的魚群
一聽見美人的汽笛，就面對強盜
但僅僅一聲呢喃就變成了死者
他們的晚鐘飄忽到風的背後
默念逃亡的禱詞，聖徒的兇器
不是明天的金子就是昨夜的詩篇

# 燈塔

是燈塔把陸地牽引到大海裡
淹沒。當我們把卵石投入頭腦的漩渦
遠遠看去，是燈塔，在沙器間
難以分辨，從星空降臨的鬼影
眨著眼，掠過衰老的世紀
像站在我葬儀上的教士
用漆黑的袖袍裹走了我的一生
是燈塔，把大地擊碎成海面上的船隻

放逐了那些盲目的航行者
在眾多燈塔的迷宮裡暈眩的旅人
背負家園，喝完了
隨身攜帶的月光，就開始尋找
但我們腳上的旅程比鎖鏈更重
更痛，在燈塔與燈塔之間
戰慄，徘徊。在岸與岸之間

燈塔用潮水彈奏著大海
無人傾聽的小夜曲，弦上掛著殘骸
和血汙，就像掛在天邊的
一盞燈塔，無人照看的
我們內心的終點，災難，彼岸
孤零零地，在懸崖上含苞欲放

這是抵達不到的，這是
一個即將廢棄的詞，殘留在貝殼裡
緘默不語，一個
陌生的暴君或天使，如今
被朝聖者選中為時代的漁夫
捕獲烽火，卻用灰燼餵養我們
讓我們鍛鍊，成為死魚堆裡的鹽

那些白熾的鹽也無法照亮
午夜的旅人，疲憊
被遠方看不見的燈塔所迷惑
失足，墜入慾望而窒息，而赤裸
羞於啟齒，被更多的燈塔擊落眼睛
但我們仍然聽見鷗群

在塔尖上築巢，用糞汙滋養
我們的墓碑，然後
飛出它們的居所，覓食
對燈塔不置一詞

# 目的論

為眉毛而拔劍相向
為嘴唇而葉落
為詩而愛情
為理想而屠殺

為蝴蝶而染上疾病
為風暴而革命
為沙漠，為心中的駱駝
血管早已枯乾

為星辰而佈滿釘子
為陽光而失明
為了明天，死亡的今天就已註定
而明天不過是另一次今天

# 歌行體（三首）

## 從軍行

帶上一管槍，從花朵走向泥土。
向深處開火：鼴鼠
靈魂中的鼴鼠逃往尾部
世界的終端如此短促。

誰品嚐了隧道裡的乾糧？
秦始皇，朱元璋。

在骨灰罈裡戰慄的人
要麼情緒化，要麼冷若冰霜。

秋季開始的野戰以童子軍為先驅
一轉頭便鮮血淋漓，雲開霧散
騎在森林上，母馬一去不返
剩下的，回到燒毀的兵站。

一個將軍的私處暗藏殺機
隱而不發，等待美學的武器
脫去了制服，仍然是赤身裸體
高唱著紀律，奔向新城邦。

# 麗人行

這些漂浮的舌頭，在黃浦江下游
這些魚蝦，如此溫柔。

當她們嚐到了海鮮
鴻星酒樓，已經是午夜十二點。

燈光遮不住的乳房
是春天唯一的晴朗。

氣聲的飄逸，舞場上的腳步
從月底一直流到星期五。

手上有什麼？紙幣上的水紋
映出了骨牌上的月輪
回頭看見什麼？醉臥在浴池裡
泡得腫脹的玉體。
酒裡的裙裾，花下的倩影
撣過了灰塵扔進明晚。

**短歌行**

一杯參湯，一首童謠，
度過的冬日比一生還長。

在河裡煮沸了補品
用未來的烏龜來滋養。

核桃切成了碎粒，像腦子
在刀下削出壽星的額頭，模仿

圓規上的幾何，從古代
活到明天，空殼中的抽象：

當烏鴉從五官裡飛走
更多的人民被吐出了翅膀。

只有一個充滿了憂愁的少年

才能在露水裡看見陽光。

而永恆的主人坐在海上
那堆月亮下吹笛子的骨頭。

# 旅行報告

你下車時，和梅菲斯特擦肩而過。
你從站台上撿起他吹落的披風。
列車飛馳而去。
你站在他的位置上。落日
墜入你的頭顱。隨後
你的沉默裡升起一枚月亮。
他甚至沒有認出你。他無意中
代你赴約。你的劍
還佩在腰上。

在下一個車站，列車呼嘯而過。
沒有人察覺。
一節空的車廂，載著影子而去。
朝向天空的衝刺。

你裹上披風，走出車站。
你把黃昏和憤怒帶給一個陌生的小鎮。

# 佛羅里達，一個分時度假村的午後

太陽往臉上一抹，像壞孩子把鼻涕
用作了唇彩。午睡的鼻子靠在海上，打呼嚕。
海扔出的一枚枚銀幣就這樣滾蛋了。
這反印象主義的海，一發愁便酷似鯊魚，但
銷售經理更藏不住捲餅下的尖牙利齒
把浪尖上的數目比作床上的精子——

好像公寓和子宮一樣足以不斷地心懷鬼胎
生出按摩浴缸、水床、風景和美元。

這拉拉扯扯的海，一臉窮酸的大款。
就是把一輩子的樓盤扔給海底的珊瑚礁

也還不清子孫的債務。我把花花綠綠的遺產
留給鯊魚臉的經理。他表揚我說：慢走。

# 螞蟻一號

誰說螞蟻只有一種吃法？
可以油炸，可以塞牙縫，也可以
餵狗。如果它在ＣＤ上轉，就會
比熱鍋上的那些更像流浪藝人。

但你還聽不到它的Ｇ弦。而且
它一下子就可能被你踩死。
非得要它弓起全身的芭蕾？
不怕它腿的誘惑廢了你的下半身？

要麼，讓它沉浸在好人般的
小小快樂裡，對你的詭計一無所知。
留它一條生路也好，那樣
下崗的螞蟻可以繼續看著麵包屑發呆。

# 螞蟻二號

當你我，互稱螞蟻，一笑而過
戀愛沒有痕跡，跟著秋天出走
比星星還小的願望，飛起來
風中有廉價殺蟲劑的氣味。

你硬硬的殼讓我很累。但對於
巨人來說，我們飛在雲上還是螞蟻。
吹起來的卻往往不是風，
恰恰是你最厭倦的網聊。

不如碾在白紙上，油墨是你，油墨是我。
噓！假裝睡著，不說話
並且互不相識，把爬來爬去的歌
藏在心裡，拒絕給世界娛樂。

| | | | |
|---|---|---|---|
| 廣 | 告 | 回 | 信 |
| 板橋郵局登記證 | | | |
| 板橋廣字第83號 | | | |
| 免 | 貼 | 郵 | 票 |

舒讀網「碼」上看

235-53

新北市中和區建一路249號8樓

**印刻文學生活雜誌出版有限公司　收**

讀者服務部

**姓名：** ______________ **性別：**□男　□女

**郵遞區號：** ______________

**地址：** ______________

**電話：**（日）______________（夜）______________

**傳真：** ______________

e-mail： ______________

INK

INK PUBLISHING

# 讀者服務卡

您買的書是：______________________________

生日：　　年　　月　　日

學歷：□國中　□高中　□大專　□研究所（含以上）

職業：□學生　□軍警公教　□服務業

□工　□商　□大眾傳播

□SOHO族　□學生　□其他 ______________

購書方式：□門市_____書店　□網路書店　□親友贈送　□其他 _____

購書原因：□題材吸引　□價格實在　□力挺作者　□設計新穎

□就愛印刻　□其他 ________________（可複選）

購買日期：_______年_______月_______日

你從哪裡得知本書：□書店　□報紙　□雜誌　□網路　□親友介紹

□DM傳單　□廣播　□電視　□其他

你對本書的評價：（請填代號　1.非常滿意　2.滿意　3.普通　4.不滿意）

書名_____　內容_____　封面設計_____　版面設計_____

讀完本書後您覺得：

1.□非常喜歡　2.□喜歡　3.□普通　4.□不喜歡　5.□非常不喜歡

您對於本書建議：

感謝您的惠顧，為了提供更好的服務，請填妥各欄資料，將讀者服務卡直接寄回或傳真本社，我們將隨時提供最新的出版、活動等相關訊息。

讀者服務專線：（02）2228-1626　讀者傳真專線：（02）2228-1598

# 貓熊外傳（三首）

## 貓熊裡的生活

在一陣琴聲中，琴變成了舞娘
用裸身面對巨大的貓熊。

在刀上彈奏的腳趾，剛擦乾的血，
負傷的動物還亮晃晃
水晶鞋，天真，教育程度偏低。

要是把所有的腸子都拉成劍
她的頭就無法轉動。

領袖的舞伴在鎂光燈下：
貓熊的肉味不再提及。

從口腔裡看出去，遊客，
幹部，還有商販，一邊微笑
一邊把玩貓熊的牙齒。

把錢扔進來吧！發自肺腑的聲音
最後一眼，她已化為灰燼。

## 貓熊．溫柔鄉

在我們的合影裡，貓熊
總是比誰都溫柔。牠的
倚在風景區的無邪。

我把陽光扔在牠頭上。牠的慘叫
驚醒了我。「我還能愛嗎？」
牠向我揮動竹葉，「我聽見了
北方的老虎，」牠說，
「那翩翩少年。」

我熱愛的獵人如何吹口哨？
在密林裡，我怎麼趕上貓熊的腳步？

「多麼純潔的一吻。」
牠哼得索然無味的曲調，和
珍貴的口水，在故鄉流傳。

讓所有的人回憶：
在秋夜的星空下，我和貓熊
面面相覷，分不出彼此。

**守靈的貓熊**

比如，在哭泣之前，
貓熊的眼圈早已烏黑。

死去的似乎不是一個國家
而貓熊只是它內心的動物
平庸的傷感，大張著嘴。

缺乏詩意地登場
它模仿寡婦，聊度餘生。
讓生者比死後更寂寞。

披麻戴孝的女巫
向靈台投去最後的媚眼
從別人的遺像裡瞥見自己。

那是又一個亡靈：
瀕於絕滅的兇手，死而復活

# 後律詩之一：京城鴨脖

吃鴨脖的時候，我的脖子抻長了。
誰的？我脖子白，鴨脖子紅。

鴨脖太鹹，我脖子流汗。
我能把脖子借給鴨嗎？嘎嘎嘎。

鴨轉過脖子，看見獰笑的我。
鴨長出了脖子，我的頭呱呱墜地。

脖子硬起來的鴨，輸給了軟脖子的我。
我口若懸河。鴨脖無聲，只剩骨頭。

# 後律詩之二：鴨舌的發音

學會絕望的，就扔到鍋裡。
他們的捲舌相當於我們的饒舌。
吐不出帽子來遮蓋，不說也罷。
不說，便更有味，思想更軟，
也不用比狼牙活得更久。而久久的，
是包在紙裡的慾火，沉默下來。

不像顧左右而言的那些。
我們的饒舌相當於你們的咋舌。

# 燕尾蝶

## ——給臧棣

終於可以數清身上的燕尾蝶了。
就像嘴唇不是紋身，蝶衣
也有如一醉方休的粉刺
在一陣咕咕之後又開始沙沙。

雖然風不如口哨靚麗，還是有細雨
掉進午夜裡，讓幸福變得更憂愁。

再這樣下去，連塵暴都要帶上京城口音了，
根本不理會噴嚏裡的春天和聲學。

要眩暈幾次才能讓發梢的舞姿停下？
或者在山巔盤旋，還能聞到魚的鮮美？
今夜，櫻花咬碎了耳朵——
巧的是，睡蓮也吮破了手指。

# 一家名叫「騷貨」的時裝鋪

好像要把艾菲爾鐵塔穿進褲腿裡，
　又很難撐破慾望。
五年級的導購小姐露出半邊酥胸，
　下命令說：「稍息。」

牛仔褲犯了左傾錯誤，想要
　一步跨進皮爾卡登後花園。
後花園就是御花園，口袋裡
　的假山假水是皇帝嘔出的。

它斜踢一腳顧客女郎胸前的玫瑰。
　做到了廣播操第二節腰就斷了。
這樣，稍息比立正更累，如果膝蓋露怯，
　放風的時刻便馬上停止。

「青春痘明天有貨嗎？」「當然，
　是歐版的。要臉的，都走外單。」
「沒有下半身嗎？只要褲腿的魚尾紋
　不要胸衣的雙眼皮。」

「不行，明天燈一暗，你我都藏到
　乳溝的防空洞裡，帶上
針線包和熨斗。」「那不是很痛？」
　「多練幾次，美起來就會癢的。」

# 巴黎春天

一件乳名叫艾格的套裙，脫成了內衣。
我以為摸到了膚色，但那是鏡子。

玻璃淋濕的手，手指間剩下的沒有手指
口袋裡也打撈不出其餘的口袋。

鏡子空出來，更多的袖子被穿走。
一回頭，十字繡的針腳撕成了蜘蛛腿。

沒有一個春天可以留住，除了
縫進脾氣裡的棉花，一會兒暖起來
一會兒冷下去，那麼，再摸一下，
真的是春天的花瓣嗎？
還是一枚遺失已久的商標，
長進了烏托邦的柳腰？
我沿著繞不完的錶鏈，一直走到壞思想。
售貨員說，那只是宇宙的法國版。

# 老東西（四首）

## （如意）算盤

在珠子裡賭博，一場夢魘
過去之後就有更多的算計。
一被二吞併，然後又讓五踢走
沒完沒了的政治局（面）
危險，與荒年對稱。

算一算還剩下的穀子

夠過一個冬天，但熬不到週末
放學回家的女兒：我們什麼時候斷糧？

留下算盤：明年總是豐年。
扛來稻米，子彈，內部文件。明年
算盤在賭場裡展覽，
從電腦裡湧出的酒席上
坐滿了撐死的賭徒。

（而如意，當然是另一件東西）

## 黑白照

嘴唇發黑，臉色發白
壓扁的童年和微笑
在紙片上，簡單、幸福。

一邊是光，另一邊是舊社會
在左邊的朝霞裡
向右邊訴說深仇大恨
一隻眼睛往西方悲泣，另一隻朝東方
仰望著，祈求。

身後是陰影，看不見的過去
一代人的幻影。
遮蔽了，在雪白的背面。

## 無線電

不要臉的嘴，從天亮開始
一個字正腔圓的星期天。
第二個節目是「紅領巾」，往右擰一點
就可以由哀樂來伴奏。

太陽掉在社論裡，像蛋黃
在油鍋裡劈啪響。
聽得見的勝利消息，摸不著的
特務集團，從喇叭裡探頭探腦，

一晃就老了幾十年。
「還認得出我的聲音嗎？」

當然。現在有卡式錄音機，
按下去，播放的原文一字不差。

## 電報

摩托車一來，有人先哭起來
加急，圖章，撕紙

一個真假難辨的寓言，來自族親的
不祥消息，鄰居們跺足
居委主任竊竊私語

一則真假難辨的新聞，天災人禍

在破曉時分傳來，緊接著
喜訊之後的常見病例

源於數年一度的官方噩耗，雄雞的報喪
撥開了黑夜，使下一代手足無措：

「母雞病危速回」

# 四季歌

## 春

為了春天，我們不惜迎著東風的媚眼和楊柳的鞭子
為了春天，我們把淚滴解凍在抒情的傷口裡
春天啊，我們因為比牡丹醜陋而自殺未遂

為了春天，我們脫掉上衣之前就感染了花蕊
裝扮成蝴蝶和蜜蜂，釀出無邊的粉刺
為了春天，我們走漏了愛情的風聲

剛要虛張聲勢就已經打草驚蛇
就是為了春天，我們才把嗓子吊到樹梢上
唱出的麻雀也不管東方的青紅皂白
為了春天的幸福我們拍賣所有其他的幸福
降價處理，概不退貨

為了春天，我們把夏天斬盡殺絕，禁止它出場
為了春天，我們也開除不合格的春天
讓它們和冬天待在一起，永世不得翻身

都是為了春天啊，這個
聳人聽聞的、花枝招展的春天！

噢，春天，我們還沒等到你就已經蒼老

# 夏

看見夏天，才知道春天的虛偽
赤裸裸的夏天迎面走來
沒有教養的腿，一步就跨在我們肩上

夏天，顛來倒去還是夏天
而我們累得汗津津，一夜間熟透

嚐到夏天就是嚐到自己，依舊貪得無厭
夏天剛出爐，就端在我們面前
喝下一鍋熱呼呼的夏天，尿出金子
服用過量，還至死不渝

血卻白白流掉，無非是衝著一個無恥的夏天

這樣，我們就比夏天更燙
從瘧疾一直患到梅毒
高燒至死，僅僅留下一具焦屍

在另一個夏天裡叫賣用剩的靈魂
摸著夏天，舔著夏天，忍受著夏天

夏天，年齡不詳，籍貫不詳
在五月的某一日強暴了春天
將立即押往秋天執行槍決

## 秋

接著，秋天收割了我們的頭顱
以豐年的速度掠過

秋高氣爽的日子，我們的愛情都涼了半截
和出走的器官一起蕭條起來

只有內心的老氣愈加橫秋
用枯萎的傷口裝點楓葉

一片葉子還沒落下，秋天就認出了我們
來自夏天的逃犯，衣裳還來不及打扮

即使偽裝成蟋蟀，也要露出知了的馬腳
愛出風頭，受不了黑夜的孤獨

而一旦被秋天吟誦，我們又清高起來
在菊花下把腰肢扯得一瘦再瘦

想到落木正等著蕭蕭的時刻即將來臨
我們走在山水畫裡也忍不住瑟瑟發抖

這是最寂靜的時刻，我們被夕陽窒息
而一頓深秋的夕陽卻填不飽被夏天餵過的肚子

夕陽啊，你萬壽無疆的陰魂追隨著我們
一邊秋後算帳，一邊暗送秋波

# 冬

我們脫掉落葉就凍成雪人，穿上羽絨
就飛在思想的荒原之上
眺望地平線，卻不見未來的春水
暖洋洋的鴨子從來游不出宋詩的韻腳

在冬天的童話裡，明天的天鵝將被無限地延遲
醜小鴨翻過這一頁湖泊就進入了夢鄉

夢見蜂擁而來的聖誕老人都比去年老了一歲
減去我們還不夠春天那麼年輕
加上，又過了死亡線
那兒有虛擬的天鵝吹著英國管

而一個真實的冬天會咳嗽不止
於是我們把它裹在被子裡，掛在壁爐上
用松枝勒住冬天的脖子，不讓它北風吹

這樣的冬天就可以安心地滋補我們
用冰柱痛擊我們的冬眠
直到僵硬的言詞訴諸熊膽
聽另一個冬天在窗外無產階級地咆哮

聽另一個冬天流浪在靈魂的月色中
在賣掉最後一根火柴之前
先賣掉一首無家可歸的詩歌……

# 過街地道的快樂週末

一過街就是老鼠掉進黑暗只剩下牙齒
剪出的臉總是像雞毛一樣撲騰。
亂到盡頭，看到粉堆裡有更多毛，

從她的甜，跑到你的暗，花了三秒鐘
中間插進鐵腕。鸚鵡尖叫了，把金綠色
塗在叫賣的冰棍上，冰棍總是變成冰毒

夏天總是變成冬天的魔術，帽子裡跳出死嬰。

臉扔到地上仍然是臉，只是黏糊糊扁塌塌
抓起來比雲還要軟，吱吱地哼

逃到一輩子都喘不完氣的購物袋裡，
悶騷出一夜激情的經典戀愛，
總是模仿棋盤上的王和后那樣拚命，廝殺。

長劍吐出舌頭卻不滴血，任憑
麻臉婆念出無邊的咒語：
「歡喜啊歡喜！」好像一家家都是鬼

種在隧道深處噓出一襲幽蘭。
有人說如煙，指的不是往事
而是內臟，倏忽升起的胃口，總是芳香四溢

幾乎是烤焦的節日序曲，
劈啪於氣球的爆破聲中，萬種風情於
脹滿的乳暈裡，透過眼波的漩渦

把肉的洪水堆得更高，沖泄得更餓
連暗娼也認不出來，以為是親妹妹
以為是關關睢鳩的夢前練習，

溫柔鄉就是烏有鄉，總是讓吊起的嗓子丟失
這樣誰的咳嗽都擋不住乞丐的歌
穿過一片片塵土飛過來，落在後腦勺上

有如滿城的彩票總是像鐵毽子砸中一個幸運兒

哪怕幽靈的偷笑仍然繼續，仍然
吆喝催情的乖乖女扯出小蠻腰

沿階梯扭啊扭，直到跨步歪倒在碎步下
胡琴用弦也纏不住飛毛腿
星星般的群眾被一腳踢飛，在地道裡散落

落到更深的天堂裡，滿嘴塞滿了黑
像你我的哈哈哈，總是讓喉嚨深不可測
總是一轉身就摸到午夜，摸到鼾聲和顫抖

# 裸露

她走進舊照片洗澡，把水攪混
像表層的泛黃。我
用霧氣擦亮鏡框，但看不清
是誰，藏在浴簾背後。

「一個少女，」她解釋說，
「但不是我。」她扔出
更多的鱗片、汙垢、內衣
婚禮上的歌譜。「是美人魚嗎？」

我問得她大笑，水珠
濺在我臉上。「讓我念一段
詩經，」她聲音宛轉而空洞

我聽不懂。我摀住耳朵
我飛逃，撞在她身上
才從夢裡醒來：「原來
你在這兒。」她漂在玻璃上
默許：「因為
你在夢中跑得太快。」

她擦乾，一邊哼歌
一邊打噴嚏。遠遠地
她下頷的倒影

懸掛在春天的頸項。
「那是一件禮品，」她喃喃而語，
「我遺忘已久。」

她脫去無數冬天的積雪。
我給她點菸。照片在火苗裡
彎曲。「對不起，」我說，
而她消逝無蹤。

# 景色與情節

她濕漉漉地跑過來，身後的影子
像彗星，雪白，她說
「我們去看電影。」我
聽見更多的呼吸聲，在夜裡
「我們去吃冰淇淋。」她說

但我沒有時間。我轉身
她又站在我身邊，從胸前
掏出半隻蘋果，手上血紅

好像蘋果是頭顱。但
我要趕去夢裡。我急急
穿好睡衣，坐到藤椅上。
她撥動紐扣：「我要回到晴天。」

那真是一個鮮豔的週末。我們趕路
沒有看見碾在路旁的松鼠
只看見湖，易碎的湖面
我不忍心跳進去。她的手顫抖著
好像瀕死的魚。她的眼睛
充溢著淚水，最後滴在叮噹的船舷。
「太甜了，」她舔著陽光
舌尖一閃一閃，像燈塔
從黑洞洞的嘴裡。

但我沒有時間。我回頭
是另一個她，「我們去挖牡蠣。」
我聽見雷聲。她說
「快，快，」一邊脫下外衣
風刮著兩頰，枝葉間的笑聲
越來越冷，她挎著籃子
手和雙乳陷在泥沙裡。
「午睡，然後才是晚餐。」
我的目光朝著水面移動。
但她並未察覺：「就一會兒。」

我臉上爬滿了螞蟻，像交響樂裡
一支柔板的咬囓。

我是否把臉遺忘在原地？
但誰也沒有找到。在夢裡
我只聽見她又說
「把窗簾打開。」但我害怕
陽光般的鳥。我披上窗簾
躺在過去的船上，等待夢中之夢。

她說，「最後一次吧。」
好像幾年前的聲音。我抬頭
她從門後一閃而過。我再次
閉上眼睛，陽光湧進整個房間。
「是咖啡還是焦味？」她尖叫。

# 離題的情歌

## 1

我睜開你的眼睛。我無法凝視的
眼睛，讓我失明。
讓我瞥見的花朵
在你的春意中闌珊，你一回眸
我的美人就蒼老無比。
你一轉眼，風景把我席捲而去。
我看見的，就是你

眼底的海，是你的目光
淹沒了我。是我清晨醒來的時分
一隻瞳人般的鳥飛去
帶走了你，和你鏡中的睡姿。

## 2

我張開你的嘴唇。我無法親吻的
嘴唇，你飲的酒
灌醉了我。我歌唱
你的聲音刺痛我。我忍受
你的饑渴，我吞食
你嘴裡的花園紛紛飄落

我吐出你的早餐
你的絮語，你的尖叫。
靜下來，讓我用你的舌頭
說話，那一句
你的夢囈，我遺忘已久。

3

我伸出你的手。我無法握住的手
穿過黑夜，擁抱我的陰影。
我捏成你的拳頭
你用手背上的月色
掀倒了我。是我的指甲

刻出你的掌紋，是我
用窗外的風撫摸你的傷口
我疼痛。我的手指戰慄
插入你的呼救，用你
在我內心的雙手
剪斷我的禱詞，扼住我的呼吸。

# 如果一朵花

如果一朵花提前到來
你不要慌亂。

如果一朵花懷著鬼魅的芳香，如果
它是你昔日的情人
如果它痛擊著春天！

僅有一次的花朵，枯萎之前就已跳走
如果它扔在工地上

讓一個過路的酒鬼踢開了它！

如果一朵花匆匆到來，用你的顏料
把它塗得過於鮮豔！
你不要醒過來，你，不要歌唱。

開錯的花朵，無邊無際的女人。
僅有的、最後的花朵
在魔術師槍口的煙幕裡。

花砍掉了果子！它在餐桌上
受到冷落的花朵

如果一朵花不再到來

你不要落淚。
目擊的鮮美，你曾經聞到的愛情
早已從花朵旁溜走！

# 信件・麵包・書簽（三首）

## 信件

午餐之前，你聽見信封裡的叫喊。
你把它打開：一封
寄自本埠的情書，落款是
小夜曲。
你堅持把它封死。就像
埋掉一隻夜鶯。你怕

那首歌。你把它扔回郵筒
直到第二天
它又在你的信箱裡呻吟

## 麵包

你用梳子切開麵包。那裡
有死者的髮絲，嬌嗔
烤熱的愛。

麵包越來越黑，碎屑
越來越理不清：

梳洗之前，你的臉已燒焦。
難以下嚥的五官
帶著美的饑餓。

## 書簽

你打開一本塵封已久的書：
一隻手
夾在書簽的位置。

它不願意離開，它死死地
抓住這個字

一個句號。

枯萎的手，書頁上的化石
等待另一隻手的掌聲

# 就愛

就不懂無關乎誰
就穿越一次零點的火車直到醒來
就脫下舊鞋子，醉了，再歪過去
就聞見了自己的鹽
就再也不明白凌亂為什麼是美
就呆呆地死
就自閉，寫一摞檢討書
就想起小學校長的捏腳聲
就摸不出褲襠裡的紙牌

就拉開窗簾，讓蝴蝶落在影子背面
就噎著
就蜷縮著
就故意不量體毛
就猜更多的謎，為了敲掉所有的牙
就笑
就不露齒了
就驚人
就雅到了極致
就乜斜無端的劍，憑欄而汗下
就愛

# 囚徒日誌

1

風吹來的時候，囚徒已經外出
他的倩影被眾多婚禮模仿
他的慾望，他死過多次的皮膚

如今穿在更多的獄卒身上
通過紀律，裁為時裝
劊子手以健美的品格端起了槍

賦予囚徒的愛情以無一倖免的自由
掠過冬天，用鐵器裝飾花朵
在新一代領袖檢閱下這些繁華的行屍走肉

一個漫步的囚徒讓都市劫持之後
就灌醉在新娘、死者和酒鬼的筵席上
他珍藏的鐐銬被竊入珠寶店出售

一個過時的囚徒，哭聲兌成法郎
年齡讓回憶稀釋成世紀末的流浪

2

你必須並肩而行，以步槍的姿態倒下
和口令一起，升在家園的上空
你必須向更多的哨樓敬禮
向所有的楷書和廣播說早安

你必須微笑，讓餐桌上的死蠅嘔吐
當柔軟的步伐觸及土地
你以糧食痛擊思想，以刀鋒撫摸手掌
失足的孤兒美麗起來就成為棉花

你必須變得無害，你必須
脫下囚衣，穿過欄杆

那天堂的欄杆早已生鏽

你必須迅速地、不著邊際地
改掉醒的壞習慣
用劍的速度，不假思索地撤出世界

3

你在隔壁傾聽自己
聽見風在窗櫺上的掘土聲
聽見墳墓的萎縮
那是子宮逼迫你跳進世界的陷阱

你用耳朵貼在別人的圍牆上
傾聽過去。別人的子彈
一射出就撥開了春天
你聽見了腹中的監獄盡情地盛開

你躺在電網外，用耳朵切割自己
打開枷鎖，流出更冷的午夜
那裡更瘦的少年躲在月牙裡
無言，回憶的喧嚷就已經足夠刺耳

你聽到的春天在瘟疫中度過
你聽到的少年像傷口般成長

# 政治詩

所有的槍，埋在天上
等待秋天的繳械
一排火，掀起傳說中的宮殿
掀起玩笑的皇帝

所有的槍，注視著我
它們的創傷也在沉默的部分
流血的日子，子彈是有知識的

所有的我，痛擊著城邦
大幅度地切割要害部位
不等到戰鼓，就已經投誠

所有的降旗都已插在髮髻

那麼，轉向地圖的方向吧
轉向指南針的方向
南方，向指南針靠攏吧
越軌的航線就要扯斷

在夜裡，叛軍將月亮射落
認不出自己的影子和血跡
叛軍的羅曼史
在宮廷裡粉墨登場

# 給亡友的虛擬報導

在送葬的隊伍裡，死者
是最疲憊的。
他挎著背包，好像去旅行。
我們通常拿著簽名本，
徵求他的筆跡。但今天
我們沒有。我們似乎忘記了他。

他是唯一微笑的人。但
沒有人認識他。

「我還趕得上嗎？」他問。

我們請他念悼詞：
「你坐在天亮的左邊
比二月高出一頭
你長得很大，胃口也好
吃下三十幾個春天，倒頭就死
忘記和大夥兒告別。」

到了晚年，你會感慨：
「我死得太早。」

我們給他猜謎。在哀樂聲裡
他哼著小調，他猜

「我們去哪裡？」

我們暗中背誦他的詩句。
「你們說什麼？」他一邊
穿梭在葬儀裡，直到
脖子上的花環勒住了呼吸。
我們請他流淚，而他
拒絕哭泣。

# 默誦一封在夢中收到的信

多年來，他一直在默誦
一封在夢中收到的信，信中
提到了遠方的鳥兒。他以為
那是夜鶯。他想像中的宛轉。
信箋上的死者，寄自遠方
無言。如同讀信的人。

也許，鳥早已飛走。如同一紙
無字的信，僅僅留下羽毛的氣味。

多年來，他一直想攀援
死者眼中的天空。無字的天空

甚至沒有羽毛。信封裡的
天空，甚至比鳥的五臟更細微。

他重複著死者的歌聲，從
多年前的夢裡傳來。但那

一定是夜鶯的歌聲，被一個
遲到的郵差錯遞到明天

# 日常悼歌

1

剃掉鬍子
剃掉鬍子上的菸草
剃掉菸草裡的火
以及火焰中的繁星

順便也剃掉嘴唇
剃掉熱吻裡繁殖的花朵

剃掉慾望的珊瑚

總之，剃掉夜曲上的弦，剃掉
從弦上無限蔓延的靈魂
還有那些舞蹈的腿
和吟誦的舌頭

剃掉教堂
剃掉旗杆
剃掉塔尖般瘋長的骨頭

剃掉剃刀
也剃掉握剃刀的手

## 2

脫掉圍巾和領袖
同時脫掉風暴和記憶

脫掉傷口，是否還留下疼痛
脫掉翅膀，是否留下蝴蝶的飛翔
脫掉花紋的豹子是否還饑餓

脫掉牆壁
脫掉更高的雲
也就是脫掉詩人的褲衩
脫掉器官的韻律到處播揚

甚至，脫掉聲音來說話
脫掉睡眠來做夢
也脫掉整個土地，親近祖先

最後，脫掉皮膚成為標本

3

洗掉了肉體，血痕愈加鮮豔
洗掉了新娘，胭脂就不會湮滅
洗掉了紙，墨印和字跡將更加清晰

同樣，洗掉的風塵比臉更長久

那麼，洗掉臉吧
也就是洗掉時間本身

洗掉大海裡的鹽
有潔癖的魚死在太陽下
洗掉夜晚，讓白晝赤裸
洗掉陰影，使一切變得孤零零
洗掉這個世界，只留下鏡子裡的映象
乾乾淨淨

# 到海巢去

在去海巢的路上，我們遇到了
家人、舊情人和幾個幽靈。

海浪的聲音像陽光砸在我們臉上。

一陣海風吹進來的時候，你
正在梳頭。你趴在窗沿
窗融化成了水，被潮流帶走
你接著梳秀髮，遞給我：

「那是我們的未來，」你說，
「痛的，才是美麗的。」

「可是，咬斷的未來還是未來嗎？」
你笑了笑，依舊伏在玻璃的水裡
彷彿一切都沒有發生過。

潮水的聲音漸漸遠去。
望著正午的碧海，你忘了我
在你身後，已經被火燒完。

你褪下紗衣，把灰燼
疊成記憶的形狀。但

那不是灰燼，我在浪尖上奔跑
一匹灰色的馬。
「還有多遠？」我問。
你回眸，吐舌頭：「讓海巢的風
吹奏，就像我們的叫喊。」

# 輯四

•

•

# 一陣女風吹來

•

2010-2014

# 後銷售主義者週記

第一天，我賣的是噩夢，
但一個都沒賣出去。
夢和夢，堆在臥室裡，骨肉相連著。

第二天，我改賣哈欠，也無人問津。
熱騰騰的新鮮哈欠，是不是太濕，
以至重量超過了人們的承受力？

第三天，我開始賣噴嚏。

一陣響亮，逃走的比趕來的還多。
我很奇怪：難道
非要更私密才行嗎？

第四天，我決定賣笑。
呵呵哈哈嘻嘻嘿嘿，當然
嘻嘻的價高，因為太難了。
那個跳上窗口來搶購嘻嘻的戀人
撞碎了門牙，還合不攏嘴。

第五天，我想心跳一定賣得更好。
但四周機關槍突突，鼓聲咚咚，
如此地痛，如此地暢銷。
心跳終究敵不過，應聲倒地。

第六天，我偷偷賣起慾望來。
潮紅、激喘、勃起，一件不留。
買的和賣的都累垮了。

最後一天，我只有無夢的睡眠可以賣。
但我一示範就睡著了。此後我一無所知。

# 憤怒鳥主義

不捨身很難，鵪鶉在美景中
令人心碎，也能聊博一笑。
　　　憤怒沒理由。

天氣好就打仗，烏鴉掉落
就變一場病。比起子彈
微笑總是更像合謀。
　　　死也要叫春。

換一種喜鵲鷩弓還是鳥樣。
丟三落四之後，亂槍
近乎亂倫，揍出更多敵人。
　　羽毛美得無用。

奮勇始於歡樂，逗弄鸚鵡
便橫眉怒目，灑一地冤魂。
　　卻是滿肚虛無。

# 假春天主義歌謠

街上綠得發慌，郵車
送來壞消息就走。
暖風裡有無限懶意，
養肥了我們的好胃口。

滿眼滑溜溜的雲，
告訴我們天是容易逃走的。
樓頂全都被鳥喊尖
但刺不破季節的謊言。

陰雨甜膩了太久，
連閨蜜們也蕩漾起來，
一邊暈車，一邊唱高音。
激情處，張開就是豔麗。
她們吹出的不是花粉，
是過期的美白霜。

# 後團拜主義

我給狂風抱拳，把世界整得
一團和氣。掌聲憨笑起來，
叫我怪叔叔。
　　　　門在練憋氣。

一陣點心後，嘴垮了。
南音好話連篇，賽鮮花，
果香繚繞起神蹟，彷彿
我是灶王爺。

陽光也濕嗒嗒。

撕掉黃曆，良辰全是新的。
白日夢是好朋友，積攢了
千堆灰心。
一古腦撒光。

點一炷蝴蝶春，讓暖意
瀰漫在窒息中。
牡丹吐一地。

# 正午黑暗主義

一種想法就讓人害怕。
一次靜默，被鐘聲敲裂。

活見鬼之後，跳宮廷舞，
用影子餵影子，消失了自己。

一個高音唱破了膽，
奪過眩目，塗抹舊傷口。

身體點著了火，爆竹聲劈啪。
悄悄問：你摸不到陽光的鋒刃？
一割喉，眼前就亮起來。
但麥子看不見，依然尖叫不止。

# 山水詩主義

我們咬著世界的灰，就
數不清滿嘴狂風，也忘了
怎樣才能吹破一臉大海。
在變幻的季節下，只有鹽
是過剩的，給晴天一點安慰：
他們說，多出來的滋味總能令人顫抖。
於是我們寫下許多液體，以為
露水可以捏造天空，以為一隻鳥
就搖落了森林。他們說

看見陰影是一種美德。
那麼，最後一次厭煩也沒有多少騷味。
只要我們繼續舉著拳頭，
就會有狐狸紅漸漸飄來，彷彿
那是一種未來，比疼痛史
更迫切的未來，幾乎趕上了節日……

我們咬著世界的骨頭，把骨髓
留給萬里魚腥。他們會驚豔嗎，
他們會穿上鈴鐺慟哭嗎？
一瞬間，羽毛飛滿整個日落火場。
我們逃出一個圓，跌進輸光的棋盤。
過隧道的時候，我們就是這樣尖叫的，
彷彿快感的神蹟刺穿了宇宙。

好了，俠客坐著馬尾辮飛走了，
那我們也趕快騎上烏雲，沿雷電
吞吐蛇鞭，剝太陽的皮，他們說
這就弄壞了色相。也許是對的，
在陽光裡走完夜路會讓人恐懼，
那麼，我們遠離了遙遠，
便滑翔在自己的口哨上……

# 夜行船主義

看不見燈火闌珊，
那是遠方太遠。假如
眼波太蕩漾，又會
趕不上下一輪笙歌。

咿呀一聲月亮叫下來，
秀色淹沒了心情。
鬈髮讓人透不過氣，
大河有要命的小梨渦。

悠揚到盡頭，挽一手
甜不辣，無奈已成往事。
多少魚腥，多少吃吃笑，
含風漂回岸上的冷。

水胖胖流過，就像
沒心肝的鐘聲。一露臉
就聞到暗潮醉人。
抹掉星空，就倒在甲板上。

# 不冒太空氣泡主義

月亮肯定不是上帝吹出的氣泡，不然
它早就噗的一聲沒了。
但有些氣泡長在宇宙的胃裡，
打不出嗝，就變成我們一生的酸氣球。

氣泡會比氣艇飄得更高嗎？
還是像炮彈沉到在歷史的海底，
雖然獨享過浪花的一夜激情，
卻也無法怒放出晚霞的幸福嘴臉。

換句話說，地球是不是人類的氣泡就成了疑案。只要你不使勁吹，氣泡也可能是鋼鐵蛋。當然，不是噗的一聲，而是鐺的一拳。

# 後投毒主義

在草場上，有一朵雲叫嘔吐。
但這還不是最美的。
養分，像漣漪淹過頭頂——
有一場雨叫乳汁中長大的卵石。

而漣漪下面，美人魚一哭便偷腥了
水裡的糖。咦？聽見了？就算是
牡蠣替她們吹幾聲口哨——
珍珠的精緻，也不下於陰謀。

來吧，讓昆明湖倒在鴆酒下。
母牛在岸邊眼圈發黑地散步，
美麗得忘了貓熊是假的——
吞下斷腸草，她就能長成劍齒虎。

# 後事指南

我剛死的時候，他們
都怪我走得太匆忙。

其實，我也是第一次死，
忘了帶錢包和鑰匙。
「一會兒就回來，」
我隨手關上嘴巴，熄掉
喉嚨深處的陽光。

我想下次還可以死得再好看些。
至少，要記得在夢裡
洗乾淨全身的毛刺。

後來，我有點唱不出聲。
我突然想醒過來，但
他們覺得我還是死了的好，
就點了些火，慶祝我的沉默。

# 大爆炸指南

宇宙在哪呢？宇宙不見了。
剛才我還在口袋裡摸到它。

宇宙有時候不乖，就捏在手心裡。
我捨不得送人的宇宙。

讓它無限膨脹，出洋相，這樣
宇宙就更自以為了不起。

它笑了，宇宙它居然笑了。
這是一個什麼世界啊。

我閉上眼睛，宇宙就籠罩我。
我一張嘴，宇宙會唱起來。

我恨它，就像恨我的影子。
天空暗下來，我開始懷念它。

宇宙真的不見了，是掉在了路上？
一回頭，宇宙爆炸了。

# 末日指南

像世界含在上帝嘴裡，
一顆糖融成甜。
你也是我的滋味，
是虛無的禮物。

暗下去之後，我
摸不到你。在一場
大火紛飛前，只有
良辰是不夠的。

在遊船上看煉獄
有美景。戴煙花
就吻成新公主。
如果燙舌頭，也猜
愛情是潑辣的。

你睡在淫蕩搖籃裡，
我唱愚人曲。末日
霞光萬道，你
從風景畫上離去。
消失前，我吞下未來花。

# 賓至如歸指南

他抱著廚房說再見。
他一邁步，門外琴聲如訴。
他登樓俯瞰客廳風景。
他擠在牆角數蜘蛛。
他爬到床頭，拔不出康乃馨。
他渾身笑容貼滿了紙幣。
他嘀咕，美夢能否養活在魚缸裡。
他從鏡子裡瞥見身後的自己。
他把搖椅擺成屁股的形狀。

他舔乾淨每一扇窗戶，遠望。
他散發浴缸的氣味。
他躺進壺底試水溫，把茶葉當睡蓮。
他打開嘴，空無一人。
他為臉色掛到牆上而鼓掌。
他跳進晚餐表演辣度。
他囫圇吞下摘除的燈光。
他痛毆電視，直到車禍降臨現場。
他用易拉罐托住天花板。
他說這就是視死如歸。

# 購屋指南

你不能兩次踏進同一條門檻。

有風景端出早餐，讓你
急於到陽台練習跳樓。

你吐出北風，坐棉花雲，
你一路繞到禁閉室。

在家具森林裡狩獵，只有你
撫摸衣衫起伏，床笫冷暖。

你面壁，思索絕境之美，
你給玄關一次奇幻感。

空氣是一張藍圖，你可以
看見一個虛心的未來。

你打起噴嚏測噪音。
你拆下腰圍丈量面積。

戴上彩燈，你就扮成
螢火蟲點燃狂歡新郎。

你扛起四樓就奔向遠方。

# 後拳頭主義

把一座島揑在拳頭裡
說不準扔向哪裡。
拳頭是長在手上的鳥。

驚弓，順便也驚世
拳頭笑起來，嚇壞了寵物狗。
天氣好得暗藏暴風雨。

全身喇叭開花，唱清香，

拳頭鼓咚咚，迎來新節日。
並肩躺到晴天的懷抱。

披掛了鮮豔，簡直
認不出舊愛新歡。
臉譜換了好幾個朝代，
依然只說自己最美。

那麼，借一頓別人的拳頭，
才能趁熱捶打鏡中的胸膛。

拳頭飛起，不知所終：
本世紀一具性感幽浮。

# 踹共指南

踢出去的嘴，藏不住暗戀。
他羞於把私處攤到陽光下。

他還有暴風要走，踩空後
才會蹦出隱身的妖怪。

影子在花拳繡腿中倒下，
他忽青忽紫，無關痛癢。

這幾乎是苦瓜臉的季節，
他用烏雲打哈哈，一身抹灰。
他蹲在三岔口，假裝看不見。
椅子撲倒時，詭計一目了然。
迷失了六七腳，被歧路纏住了
滿口伶俐，死也招供。

# 凍蒜指南

冷到嗆鼻，你就贏定了。
鑼鼓送走明天的好消息。

齊聲驚嘆時，你的心
越搓越涼，幾乎飛成流星。

但燙手的不只是希望，
剝掉白雲，天就會辣出眼淚。

一個笑容僵硬了才能感人，
歡樂無邊，塞進冰窟窿。
真的冷嗎？倒出來就是春天，
假花搭好了腦袋和風景。
走下看板，你有如晴空含淚，
噴薄出萬里鏽跡斑斕。

# 雨季指南

你冒雨前行，濕透的臉
騷氣氤氳。車燈
閃過淚花來，好像
燈籠上掛著妖精。

你哼外星曲調，把假聲
滴到天空深處。
像一場營養淋遍全城，
行人紛紛發芽。

你熱到不行，雨
冷到極點。雨撒出棉花糖、
彩帶、眼珠、殺蟲劑，
世界淅瀝得已入化境。

你摘掉身上的蘑菇，
把雨聲聽成英文。
當天空也呼嘯而過，
你冒雨前行，面如灰燼。

# 未來追憶指南

那時候，我還活著，也還沒
燒掉滾滾濃煙的鬍鬚，
我自比獅子，走在鋼索上。

直到有一天，我從夢中墜下，
風吹遠了我的雙耳——
誰都看成是蝴蝶撲飛，
幸運的是，那不是死後的愛。

比烏雲更重的我，果然
飄不起來，也抓不住
風的任何一對翅膀。

那時候，雨下個不停，
我還年輕，山上樹也都還綠著，
我以為我真的很有力氣，
但我舉不起曾經的時間。

# 去留指南

總有一根繩索像視線
拴住你鼻子的風箏。
春花，散發香氣時，
你還盪在宇宙的鞦韆上，
等待雨後的好消息。
但黃昏眨眼就過去了。
接下來，什麼都是黑的，
連鉤子都看不見，
更何談嗅覺的徹悟。

按理說，你不在乎
飄啊飄的，可一旦拋在
天邊，就怕星星也只能
閉上眼假裝熟睡，
不管螢火蟲怎樣喘吁吁
捱過自娛的節日。
黑得太久，你也就忘了
要去哪裡，甚至不記得
自己本是彩虹的伴侶。
再俯瞰一次，你
終於像烏雲探出舌頭，
測量旅行的真假，
但幻想已經太濕了，
承受不住更久的等候，

要不，就這樣靜靜降落，
反正懸崖總是比溫柔鄉
更空寂，更不知深淺，
從未錯過一次回頭，
也不會將絕望的一躍
誤認作炫技的筋斗。

# 舊社會指南

我去舊社會，其實是為了
找個軍閥喝杯酒。假如時間寬裕，
就順便買場饑荒來瘦瘦身。

當然，最好參觀下滿目瘡痍，
在惡霸橫行時揭竿而起
也會是一次不錯的歷險。

我去舊社會，還有

騙女繁體字談個戀愛的小心思。
要不，穿件破馬褂，
拍一拍末代的雕花女欄杆？

這一去，我就很難回來了。
因為舊社會太舊，
是價值連城的真骨董。而新社會
不過就是舊社會的山寨版。

# 禮儀課

我歪坐在椅子上，像個問號，
他熱愛的世界卻不思考我。

他叫來警察殺人，也丟下臉皮，
我一屁股驚嘆，迎風招展。

我關在聲音裡，成了啞巴，
他一邊強暴火車一邊吟詩。

他敞開長衫不再是雕像，
我在廣場裸奔，一頭鴿糞。

我死成一具標本，無名，
他穿上我的衣裳不像喜羊羊。

他吞下情人，高樓，稀土礦，
我沿笛聲奔跑，跌進唐朝。

我從自來水裡喝刀子，
他滿眼微笑，冷到牙縫。

# 洗澡課

脫到一半，你還不能說
自己是所有人中間最乾淨的。

那能不能相信，光溜溜
才是存在的無恥本質呢？

鏡子擦亮了，你不還是
長得像一堆皺巴巴的內衣嗎？

你卻用汗臭告訴我們，世界
只是一種可以洗掉的氣味。

但還有骨頭的每一寸灰塵，
始終蒙在心靈的幻影上。

還有肺腑裡升騰的狼煙，
宣告你剛燒盡的勇氣。

透過濃霧你必須看清楚
水平線在腰的哪一端。

洗內臟的時候你也要
小心斷腸，更不能心碎。

那麼靈魂呢，你打算
搓多久才讓它自由奔逃？
假如你是自己揉不爛的麵團，
把手放進別人身體試試呢？

# 我們走在女路上

遠遠跑來一條路，她用陽光
撲倒了我。但我的老年
根本看不上她積雨的鎖骨。

被強吻時，我嘔出了路的汁液。
春天，路擰乾後更加沒趣。
一踩秀髮，我就跌入蜘蛛地圖。

路抱緊我，彷彿我是她的恨；

路抽打我的步伐，像玩撥浪鼓。
她招展的舌為我指方向：
「過了晴天，不再會有江湖。」
我看不見正前方，因為路扭扭
捏捏，好像光明會有劇毒。
但遠遠地，另一條路在招手：
她的笑容也在另一邊，看上去像哭。

# 一陣女風吹來

一陣女風吹來，卻沒有帶來女雨。
我有點緊張，起了雞皮女疙瘩。
一陣女風吹來，傳來遠處的女音樂。
我好悲傷，流下女眼淚不說，
還寫了一首女詩。
一陣女風吹來，我根本睡不著女午覺。
不管誰丟下女髒話。

一陣女風吹來，女電話鈴響起。
也聽不清女英文。女街上
女燈點亮了我的女歡喜。
一陣女風吹來。女煙一縷飄忽在
飛馳的女火車上，像女刀割破男時間。

# 學做女料理

1

撒一把淚，會不會
又辣出更多淚？
加些盈盈笑，是否
比江南煙雨還甜？

2

拌在嬌嗔裡，就有
乳香撲鼻而來。
從還沒破碎的瓷，
喝下眼波迷離。

3

烤不掉的騷味繚繞，
熏出滿眼昏黑。
爐膛裡燃起小心肝，
明火執仗，吞噬了冷豔。

4

在湯裡躺下，噘嘴，
懷抱蔥白而眠吧。
肌膚暖如亂燉，
千堆雪融成三鮮羹。

5

最燙時，披一身雲霧，
開出水芙蓉蛋花。
煮活的美人魚呢，
刺紅了鼻尖上的女兒國。

# 為女太陽乾杯

不過，當太陽蹲下來噓噓的時候，
我才發現她是女的。

她從一清早就活潑異常。
樹梢上跳跳，窗戶上舔舔，有如
一個剛出教養所的少年犯。

她渾身發燙。她好像在找水喝。
我遞給她一杯男冰啤：

「你發燒了，降降溫吧。」

她反手掐住我脖子不放：
「別廢話，那你先喝了這口。」
她一邊吭吸我，一邊吐出昨夜的黑。

「好，那我們乾了這杯。」

瞬間，她把大海一口吸乾，醉倒在地平線上：
「世界軟軟的，真拿他沒辦法。」

# 女氣象圖說

互相吞下後，從身上撕掉了雲，
把糾纏的雨潑在一邊。
繼續唱出骨刺的高亢。

有雷聲揉成一團傾訴。丟掉淅瀝
剩下的髮絲打不濕情緒。
一汪年輕，淹沒了喉嚨裡的墓。

在濃霧裡攪出辛辣，含一枚

月亮，說死了兩相不願。
月光幾乎是砸過來的。

讓人滑倒的不是霜，
是臉色，背面藏起乾涸。
起先是淚花，然後換成冰花。

誰吐出了七星暴風劍？
兩種頭顱，一樣情仇。
吹散烏鴉夢，就噙住滿眼海水。

# 懷抱一座女橋

懷抱一座女橋，如同懷抱彩虹。
在雨後，淚奔的河上。
甩出時，橋的劈叉令人驚嘆。
已經留不住了，那陣風，
落日吞沒了橋上的游魂。

把女橋捲起來呢？假如，
她捆不住黃昏的河，
那就只好無力成水蛇，

揉出琵琶的碎日子。
那是女橋的一點羞澀。

抻長的女橋，睡在丹鳳眼裡。
世界只是倒影，從
橋孔裡擠到另一個天地，
就忘記來時的方向，
金燦燦，但漫無邊際。

# 女銀行物語

紙幣嗲兮兮，皺起腰說
把我捲成晚霞吧。
故事被翻紅浪，股市
露出腳底，踢出白花花。

白花花裡有白茫茫，
雲端會掉下萬人迷嗎？
女元寶笑答：那就用
口袋的叮噹聲給我當密碼吧。

密碼把子宮鎖住，儲蓄
長成老胎兒。沒有一張卡
可以打開女提款機。
她撇嘴：讓我洗完錢睡吧。

睡在小數點邊上，女經濟
出落成新娘，在紅包底下
藏好初夜。她發愁：
把我疊成捅不破的紙吧。

# 忠孝東路的女故事

下雨了，這淫蕩的天空。
我剛走出丹堤，
信義區就臉紅了。
我披著苦出身，
任憑空氣藏起果味。

想唱台北就是我的家，
表情沾滿口香糖。
哼不完的總是春風。

唾沫只好說起日語來，
雅蟣蝶撲飛粉嬌娘。

路邊攤也淺笑了，
遞過來蔡依林。

膚色洗不乾淨，
微痛，一臉醉意。
躺下的水才最燙人。

雨聲呻吟不止，
我的傘歡喜極了。
假如摩托都跑成小白兔，
我乾脆掏出胡蘿蔔，
誘惑滿街的玩具鼻子。

文學叢書 431

# 到海巢去：楊小濱詩選

| | |
|---|---|
| 作　　者 | 楊小濱 |
| 總 編 輯 | 初安民 |
| 責任編輯 | 鄭嫦娥 |
| 美術編輯 | 陳淑美 |
| 校　　對 | 楊小濱　鄭嫦娥 |
| 發 行 人 | 張書銘 |
| 出　　版 | INK 印刻文學生活雜誌出版有限公司<br>新北市中和區建一路249號8樓<br>電話：02-22281626<br>傳真：02-22281598<br>e-mail:ink.book@msa.hinet.net |
| 網　　址 | 舒讀網 http://www.sudu.cc |
| 法律顧問 | 巨鼎博發法律事務所<br>施竣甲律師 |
| 總 代 理 | 成陽出版股份有限公司<br>電話：03-3589000（代表號）<br>傳真：03-3556521 |
| 郵政劃撥 | 19000691　成陽出版股份有限公司 |
| 印　　刷 | 海王印刷事業股份有限公司 |
| 港澳總經銷 | 泛華發行代理有限公司 |
| 地　　址 | 香港新界將軍澳工業邨駿昌街7號2樓 |
| 電　　話 | 852-2798-2220 |
| 傳　　真 | 852-2796-5471 |
| 網　　址 | www.gccd.com.hk |
| 出版日期 | 2015年 2 月 初版 |
| ISBN | 978-986-387-017-3 |

定　　價　260元



國家圖書館出版品預行編目(CIP)資料

到海巢去：楊小濱詩選／楊小濱作．
--初版．--新北市：INK印刻文學，2015. 01
256面；14.8×21公分．--（文學叢書；431）
ISBN 978-986-387-017-3（平裝）

851.486　　103026915